LES

CAMÉES PARISIENS

Tiré à petit nombre, pour les amateurs.

PETITE BIBLIOTHÈQUE DES CURIEUX

LES

CAMÉES PARISIENS

PAR

THÉODORE DE BANVILLE

Frontispice avec portraits à l'eau-forte de Ulm

PARIS

CHEZ RENÉ PINCEBOURDE, ÉDITEUR
A LA LIBRAIRIE RICHELIEU
78, RUE RICHELIEU, 78

M DCCC LXVI

A ALFRED DEHODENCQ

Excepté ceux pour qui un vrai peintre a créé l'immortalité, comme tu viens de le faire pour ton enfant si beau, dans un portrait que Lawrence eût signé avec orgueil, lequel de nos contemporains peut se flatter que l'Avenir saura quels furent son être physique et son visage?

Les penseurs, les observateurs

se réjouiraient sans doute d'avoir, sur la physionomie des personnages célèbres des temps passés, une note vive, rapide, sincère, écrite au courant de la plume par un poëte impressionnable qui ait eu de bons yeux. Voilà ce que je me suis dit, et ce que j'ai essayé de réaliser pour indiquer aux penseurs des âges futurs l'attitude et l'expression de quelques figures illustres, ou simplement curieuses, qui vivent à présent.

Mais (pourras-tu m'objecter, non sans raison) tu crois donc posséder ce don inestimable du Style, qui, seul, peut faire qu'un livre dure? — Non, par la glorieuse pantoufle de Rabelais! je ne me berce pas complaisamment d'un tel rêve incongru; mais je crois en revanche que nos bibliothèques publiques ont des dimensions très-cyclopéennes, et qu'une brochure infime, oubliée dans un coin de leurs rayons, peut y demeurer intacte, si elle ne moisit, et être retrouvée là, dans un siècle peut-être! par quelque bon fureteur désœuvré.

S'il plaît au Hasard d'épargner cette plaquette jusqu'à l'époque où nos petits-fils étudieront respectueusement tes ouvrages comme ceux d'un des plus puissants et des plus harmonieux coloristes de l'École Française, ton nom, écrit sur la première page du livre, attestera alors que parmi les admirateurs de ton talent, aujourd'hui si élevé et toujours grandissant, nul n'aura été plus ardent et plus sincère que

Ton vieil ami,

Th. de B.

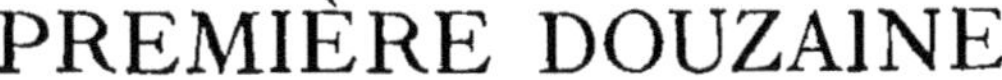

PREMIÈRE DOUZAINE

I

ERNEST RENAN

Une tête très-jeune, savante, modeste, chercheuse, puissante, toute spirituelle, mais — il faut bien le dire — écarlate. La bouche interroge et persuade, l'œil veut percer la lumière et les ténèbres, les cheveux sont aplatis pour ne pas gêner et pour ne rien déranger à ce perpétuel travail. Mais l'auteur de *la Vie de Jésus* a *piqué une tête* dans les flammes de la pensée, et il en est resté tout allumé Le fervent et poétique apôtre de l'Incrédulité est rouge comme Falstaff, tant il est vrai que les extrêmes se touchent ! Le vin de l'Idéal a *cardinalisé* le nez d'Ernest Renan, comme le vin d'Espagne celui de Bardolphe. O nature, grande ironique !

II

MADELEINE BROHAN.

—

Les yeux larges et brillants sous de riches sourcils, la bouche sensuelle et chaste, la lourde chevelure, le profil serein et superbe, tout est d'une beauté rare. Le nez seul est peut-être un peu, — mais ceci est une nuance, — un tout petit peu, un très-petit peu fort ; mais l'éclat des trente-deux dents blanches est irrésistible. Des mains royales. La stature et la poitrine beaucoup trop accomplies pour une comédienne, car la vraie actrice doit être maigre comme un manche à balai, pour représenter un bon mannequin à costumes! Mais on fait ce qu'on peut.

III

ALPHONSE DAUDET

—

Une tête merveilleusement charmante, la peau d'une pâleur chaude et couleur d'ambre, les sourcils droits et soyeux. L'œil, enflammé, noyé, à la fois humide et brûlant, perdu dans la rêverie, n'y voit pas, mais est délicieux à voir. La bouche voluptueuse, songeuse, empourprée de sang, la barbe douce et enfantine, l'abondante chevelure brune, l'oreille petite et délicate, concourent à un ensemble fièrement viril, malgré la grâce féminine. Avec ce physique invraisemblable, Alphonse Daudet avait le droit d'être un imbécile; au lieu de cela, il est le plus délicat et le plus sensitif de nos poètes. Pourquoi n'est-il pas né *milliardaire* comme Rothschild? Il ne lui en coûtait pas davange, pendant qu'il était en train de faire du paradoxe!

IV

MADAME THIERRET

Une brune, — brune comme l'intérieur d'un tunnel. S'il n'était évident qu'elle est bonne enfant, elle semblerait terrible. On dirait que la vraie tête est ailleurs, et celle qu'on voit a l'air d'un mascaron joyeusement bouffon qui se moque avec esprit de la vraie tête. Les yeux, expressifs, quoique taillés en boule de loto, sont une rareté d'un effet heureux. La bouche, accentuée comme une épigramme d'Alphonse Karr, est entourée par le cercle bleu de la barbe, car Mme Thierret a la barbe bleue, et se rase ! Le nez est interrogateur et caustique. Mais, en 1835, quand la future excentrique jouait Dafne dans *Angelo*, que faisait-elle de cette barbe follement bleue ? Victor Hugo a toujours eu l'art de tirer des acteurs l'impossible : peut-être avait-on obtenu que Mlle Thierret se fît épiler la barbe ! Comme son masque, sa voix singulière est un trésor pour les trouvères du Palais-Royal, car elle est à la hauteur des plus orageuses démences.

V

HENRI DELAAGE

—

Eloquent, onctueux, étonnant, étonné, mince, brun, chevelu, câlin et *gnan-gnan*, il tient le milieu entre saint Jean-Baptiste et Jocrisse. On ne sait pas s'il descend du ciel ou s'il sort d'une boîte. Il est prêt à vous décrire le paradis en témoin oculaire, et à vous demander combien il y a de doigts dans la main. Les traits, maigres et *peu réels*, rappellent certains bonshommes crayonnés en marge sur les cahiers. La barbe est peut-être postiche, la tête aussi. Delaage, qui entre dans les tables et parfois cause avec le bon Dieu, pourrait éclairer M. Renan sur la religion et lui dire décidément ce qu'il en est. Souvent, on le voit s'envoler : est-ce comme cerf-volant ou comme ange?

VI

LA VÉNUS DE MILO

Plus solide que le précédent. C'est par les soins de M. le marquis de Rivière qu'elle est devenue Parisienne à la fin de la Restauration. Doré par le soleil de l'Orient, le marbre dans lequel est taillée cette figure victorieuse a pris les couleurs de la vie, mais de la vie immortelle! Le côté méprisant de sa bouche juge nos artistes mieux que le jury; le côté souriant dit aux Parisiennes : « Vous avez beau faire, il arrive toujours une minute où il faut payer comptant! » Son ventre droit, poli, sans aucune saillie infirme, est une épigramme impitoyable qui atteint tout le monde, et son sein exprime un mépris sans bornes pour les corsetières. Les suggestions de Delaage au sujet de la vie future semblent aussi la laisser froide.

VII

POLICHINELLE

—

Ancien Romain, naturalisé d'abord citoyen de Naples, puis Parisien de Paris. Un scélérat joyeux. Nez rouge, menton rouge, cheveux en houppe à poudre de riz, chapeau d'or, habit rouge, bleu et jaune, sabots écarlates. Même tête que Henri Monnier et M. Thiers; mais M. Thiers est plus sérieux et Henri Monnier plus pâle.

VIII

MADAME PORCHER

—

Pour ses mains, voir dans la collection de ses albums des strophes de tous les poëtes contemporains, qui ont employé leurs rimes les plus attendries et les plus sonores à célébrer ces mains, réellement magnifiques. Ce sont des mains longues et pâles, avec des doigts en fuseaux. Le regard est vague. La tête, régulière, imite un peu le marbre légèrement grêlé de la Vénus de Milo. Yeux mourants. L'attitude est celle de la *fleur penchée* des premières poésies romantiques. Madame Porcher, toujours rêveuse, semble se dire en elle-même : J'ai vu jusqu'à présent beaucoup d'auteurs dramatiques ; mais, dans tout cela, où est le génie ?

IX

GUIZOT

Son masque hautain et froid, d'une si fière attitude et si noblement éclairé par la Pensée, montre bien que dans nos âges modernes le visage est tout l'homme, puisque M. Guizot, vénérable à tous les partis, reste imposant avec un petit ventre pointu et une perruque verte. Toujours calme aux heures les plus sinistres, M. Guizot est le seul qui n'ait pas sourcillé quand, l'autre jour, à propos du poëte latin Térence, M. le duc de N... s'est écrié en pleine Académie : « Térence! c'est possible... mais j'ai un peu oublié MON GREC! »

X

RIGOLBOCHE

—

Ce n'est qu'une crinière, mais quelle crinière! Il suffit de la tordre n'importe comment pour avoir une coiffure énorme et rousse, magnifique, et si Rigolboche a reçu de la nature ces fiers bras d'athlète, c'est parce qu'il faut qu'elle les lève toujours pour tordre ses cheveux. Et le petit nez facétieux a l'air de dire :

Voilà comme j'ai les cheveux ; c'est ce qui me distingue d'Émile Augier, de Maubant, de Bourdin, du roi saint Louis et des billes de billard.

XI

BACHE

—

Fantoche taillé au couteau par un prisonnier artiste, il a l'allure des bonshommes à la sanguine de Watteau, porte des habits de son grand-père et *n'est pas superstitieux* Quand on le regarde de face, on le voit de profil. Son nez est une ligne géométrique. Il donne l'idée d'un spectre élégant qui aurait gardé les grandes façons de l'ancienne cour, tout en professant les « immortels principes de 89 ». Bache est en deuil de Sophie Arnould, et, à cause de cela, ne quitte pas l'habit noir. S'il avait des jambes, elles seraient fines! Mais Bache est un pur esprit, qui chante et joue la farce. Comme il faudrait être myope pour le confondre dans la rue avec M. Véron!

XII

DÉJAZET

—

Une joie, une gaieté, un délire, une raillerie, une chanson, vingt ans éternels, la fatuité de Lauzun, l'esprit de Richelieu, la curiosité de don Juan! Ces regards savent tout; si elles le voulaient, ces lèvres minces et longues pourraient tout dire. L'œil est petit, charmant, effronté, le front pensif, le menton malin, la femme légère comme une plume, l'imagination rapide comme une flamme. Si nous n'étions pas devenus des croque-morts, Déjazet s'appellerait chez nous : Gaudriole! Elle peut encore s'appeler

Gaieté et Bon Sens. Son esprit est le gamin qui se moque d'un temps abêti ; son corps ! elle en a le moins possible. Elle n'en a pas besoin, elle n'en a jamais eu besoin, elle qui voltige comme un couplet et comme une strophe ailée. On peut la loger et la coucher dans le gant d'un cavalier. D'ailleurs, Déjazet est fée et passe, quand elle le veut, par le trou d'une aiguille.

Mesdames, Cy finist *la première Douzaine des* Camées Parisiens. — *L'humble lapidaire a de son mieux entremêlé les figures d'hommes et de femmes dans l'intérêt de la variété, et il continue patiemment son travail, qui est de ciseler des babioles au son de la flûte légère, comme Amphion, au son du luth, bâtissait des villes !*

DEUXIÈME DOUZAINE

I

ESPINOSA

—

Mesdames, je continue. Je ne crois pas qu'il faudrait un calculateur à cette place ; cependant, celui qui l'obtient est un danseur, — nommé Espinosa. De petits yeux de feu, un nez violent, fastueux et fou, qui, d'un grand entrechat furieux, s'élance aux étoiles. Dans l'homme, exilé du ciel, quelque chose toujours veut revoler à la patrie : chez le fantoche Espinosa, ce quelque chose est le nez ! O nez chevaleresque, chimérique, insolent, avide d'espace ! Ah ! ce n'est pas là un nez bourgeois, vaincu, résigné à la terre, comme le nez colosse d'Hyacinthe ! Non, celui-là, plein de vif-argent, bondit, s'envole, se jette lui-même par-dessus les moulins, et crève l'azur ! Il a la foi : il croit à sa pesanteur, à ses hélices, à ses plans inclinés, et tutoie l'orage, comme le ballon de Nadar !

II

GEORGE ALINE, TRAVESTIE

—

Désespérée comme la Vie, avec ses yeux tristes sous d'épais sourcils, ses joues allongées et un peu creusées sous ses cheveux noirs coupés courts, cette chanteuse de café-concert, habillée en homme depuis dix ans, ne sait plus si elle est femme, et sa pâle figure, profondément résignée, raconte toutes les mystérieuses angoisses parisiennes. Ses dents étroites, blanches, trop transparentes, sont, comme celles de Frisette, piquées de quelques points noirs, et il le faut, car *c'est un signe !*

III

AUBER

—

Après qu'on a vu ce fier visage où se lisent encore l'amour de la lutte et tous les nobles appétits, on comprend combien il est absurde de dire que les grands hommes doivent mourir jeunes, car leur ferme et sereine vieillesse peut avoir la splendeur d'une nuit paisible! Cette tête d'une grâce si séduisante en sa pâleur de marbre, avec ses yeux clairs, le nez aminci, les légers cheveux blancs, la bouche longue et fine dont l'âge a un peu aplati les contours, et tout entière colorée dans les gammes très-claires, prouve bien, par la mâle et persistante vigueur qu'elle exprime, que la Couleur n'est qu'une harmonie. En effet, sans un seul ton violent, avec ces épais sourcils pâles, ces yeux et cette bouche pâles aussi, il ne lui manque rien pourtant pour affirmer la vie et la force créatrice. Toutes ces blancheurs sont parées à merveille par l'ample habit noir sur lequel brillent des plaques de diamants.

IV

AMÉDINE LUTHER

—

Un or si doux, jaune, vivant, frissonnant, d'une couleur qu'on ne retrouvera plus jamais, encadrait et ornait son riant visage tout éclairé des plus belles joies enfantines. Oui, elle était l'enfant, la fillette, le *baby* que la pensée du rêveur Musset caresse en ses comédies poétiques. Et c'était cette beauté délicieuse et tendre dont on sait gré à celles qui la possèdent, comme d'un bienfait qu'elles vous accordent. Tout cela, — blanches neiges, roses fleuries, — était d'une nature éthérée :

pourtant, que ce petit nez hardi et droit, que ces yeux brillants sous les sourcils droits bien fournis et plus foncés que les cheveux, que la petite bouche aux lèvres bien dessinées et d'un rose exalté disaient bien une âme d'héroïne ! — Elle était séparée en simples bandeaux plats sur le petit front large et puissant, et, dans cette simple allure, était plus touffue et plus éclatante que les coiffures compliquées des femmes d'à présent, — l'adorable, la blonde, la soyeuse, épaisse et jaune et fine chevelure de cette regrettée, de cette radieuse petite Belle aux Cheveux d'Or, Amédine Luther !

V

CANUCHE

—

Cet infatigable et ingénieux, — mais honnête, — Sbrigani est bien connu des bourgeois et des littérateurs qui fréquentent le café du théâtre des Variétés. Possesseur d'une des têtes les plus étranges qui soient, tortillée, torturée, tordue en tire-bouchon, n'en finissant pas de longueur, fine pourtant, singulière, farouche et égayée par je ne sais quelle ironie cachée, Canuche semble avoir été modelé par un statuaire qui avait la goutte, ou qui s'était trop impatienté à attendre une femme qui ne venait pas. Petits yeux enfoncés et enragés. Barbe et cheveux plantés à la diable par un jardinier ivre. Ces temps derniers, quand Canuche, à cause de la chaleur, voulut se raser, Paris s'aperçut avec stupéfaction que, sous la barbe, son visage était blanc comme une serviette !

VI

LA JOCONDE

—

Plus belle que le précédent. Elle est à jamais naturalisée chez nous, cette mystérieuse et redoutable fiancée du Vinci, car elle est devenue une des maîtresses du Sultan Paris, qui, à propos de ses femmes, ne plaisante pas. O troublant et sombre enchantement de ce front démesuré, de ces yeux étroits et profonds sans sourcils et sans cils, de ces lèvres un peu tordues dans un indicible et cruel sourire! O contour prestigieux du visage, chairs mates, fauves, noyées d'une ombre transparente et bleue, poitrine où dort le secret inouï, chaste voile, robe plissée en petits plis par mille fées, grandes mains où la Volupté sommeille, bleu et dangereux paradis-labyrinthe, caché derrière elle, et où ses regards nous attirent! Oh! qui de nous ne sera un peu damné pour l'énigmatique et froide et brûlante Monna Lisa! — Après tout, cela vaut mieux que de manger son bien avec Turlurette!

VII

ADOLPHE GAIFFE

C'est le nom d'un tel bel archer, qui était dieu, ajouta Gringoire. — Créé et mis au monde pour afficher un air de parenté avec messire Phébus de Chateaupers, capitaine des archers de l'ordonnance du roi, ce très-beau jeune homme au petit front droit et bien modelé, à la forte chevelure bouclée et ondoyante, au grand œil volontaire, au nez énergique et régulier, montre le sourcil dru, les grands cils féminins, la moustache caressante, les lèvres pourprées et gracieuses, le menton césarien, le col tragique et vigoureux des dompteurs de femmes. Il est, à Paris, un personnage aussi rigoureusement légendaire que Tristan ou le roi Arthur. La Fortune aussi est devenue amoureuse de lui. En 48, au foyer de la Comédie-Française, deux femmes illustres jouaient aux cartes pour savoir laquelle des deux lui dirait la première : « *Cher Seigneur, je t'aime.* » Il descend de Waïffer, duc d'Aquitaine.

VIII

MADAME MANOEL DE GRANDFORT

Ici, nous sommes en pleine mythologie. Mme Manoël de Grandfort, dont les cheveux crespelés cachent à demi une bandelette de pourpre, est coiffée et a raison d'être coiffée comme Plutô aux grands yeux, Telestho au voile de pourpre, ou Doris aux beaux cheveux, cette fille du superbe fleuve Océan. Le front bas, le sommet de la tête très-arrondi, les beaux grands yeux à fleur de tête, que protége la ligne inflexible du sourcil, le nez d'une coupe grecque, la bouche placidement souriante, le menton superbe, le cou qui, avec les épaules, forme une grande ligne d'une ampleur royale, l'oreille un peu grande, mais d'un beau dessin et ornée d'une longue perle, ont des sérénités décourageantes et font songer à cette noble Io d'Eschyle, qui, après que les dieux lui eurent rendu sa forme première, avait gardé quelque chose de naïvement placide et bestial dans la victorieuse harmonie de sa parfaite, implacable et divine beauté.

IX

NADAR

Dans des incarnations précédentes, il a été Apollon (dont il garde un faux air) et Don Juan. Comme dieu solaire, il est resté un peu rouge sous sa pâleur mate, et de son esclavage chez Admète il a gardé l'amour innocent des bêtes et le goût des lézards ramassés dans la forêt. Le jour où il a été englouti, en qualité de Don Juan, dans l'église du couvent de San-Francisco, à Séville, il a été si cruellement roussi, qu'il en est resté coiffé de flammes mouvantes ; le long signe de sa joue est fait lui-même avec du feu, et, dans cette histoire là, son regard bienveillant et spirituel a pris pour l'éternité une nuance d'étonnement. Il a gardé de ses relations fantastiques avec don Gonzalo d'Ulloa, commandeur de Calatrava, un si mauvais souvenir, que depuis lors il déteste le marbre. On voit qu'il songe à retourner sur le mont Olympe, à l'aide d'un nouvel appareil d'autolocomotion aérienne.

X

ALPHONSINE

Avant de jouer la comédie au Petit-Lazary, elle était gardienne de joujoux chez un marchand de joujoux. Un jour, en rentrant chez lui, le marchand vit que la maîtresse des poupées était devenue poupée aussi. Une belle bouche souriante peinte au vermillon, un joli petit nez de poupée tout retroussé, des bras énormes, terribles, une perruque blonde ! Fou d'étonnement, le marchand donna un coup de couteau à Alphonsine, et de la blessure il sortit du beau son jaune! Alphonsine est redevenue femme; son nez à la Marton, sa lèvre stupéfaite et ses joues folles, se moquent gaiement de son teint d'ambre et de sa chevelure noire. Au théâtre, sous la perruque blonde, elle redevient elle-même. Quand le chant la fatigue, vous la voyez porter la main à son cœur : c'est qu'elle souffre du coup de couteau que lui a donné en plein cœur l'imbécile fabricant de joujoux, dans le temps où elle était poupée!

XI

MICHELET

—

Celui-ci est un homme, une conscience. Quelle vie, quelle animation, quelle flamme dans ce visage maigre, ridé, brûlé comme celui d'un missionnaire et d'un apôtre, sous cette forêt de longs cheveux blancs si vénérables et si rassurants à voir ! Sa bouche sans lèvres parle, menace, sourit, caresse, adore, discute, persuade ; son regard voit, cherche, interroge, devine, suit les astres, perce les voiles, déchire les horizons, défie la nuit et le passé, et, quand il est ravi dans une extase, s'épuise à contempler les choses qui ne sont pas encore. Cette face lumineuse, au menton voltairien, d'où vient le feu qui de tous les côtés à la fois l'embrase et l'éclaire? De l'esprit, n'en doutez pas. Et si pour un instant le songeur se tait, c'est qu'il écoute les plantes soupirer et les oiseaux parler. On a dit de lui : C'est un fou ! — Un fou en effet, comme Albert Durer et comme Dante, un visionnaire !

XII

LÉONIDE LEBLANC

—

Les bras, le torse, les épaules et le sein d'une bergère-déesse de Coysevox. Une expression languissante et suppliante. Qui donc supplie-t-elle ? La Destinée, hélas ! — Cette enfant éblouissante et belle en la fleur de ses jeunes années nous ramène à Balzac, et nous fait songer comme le monstre Paris est féroce, puisqu'il a besoin de dévorer de telles créatures. Sa bouche est un fruit pourpré ; son nez aquilin avance un peu ; sa peau semble une caresse ; ses yeux ont gardé les étonnements de l'enfance ! Avec leurs grands cils, leurs sourcils impérieux et purs, ces yeux, — saillants et pourtant allongés, — sont de velours noir. Quand elle baisse sa paupière transparente, à travers cette paupière on voit le feu noir de sa prunelle ! — Un tas, un monceau de cheveux charmants. Avant sa gloire, ses diamants, ses pendeloques, oh ! qu'elle était plus attrayante encore ! Sans poudre de riz, noire, naïve et tous ses grands cheveux emmêlés, délicieuse alors, elle avait l'air d'une petite sauvagesse !

Mesdames, Cy finist *la deuxième Douzaine des* Camées Parisiens; *si elle ne vous a pas déplu en sa fierté de bijouterie naïve, j'espère encore mieux de la troisième Douzaine, qui, résolûment, va commencer par la représentation d'un dieu.*

TROISIÈME DOUZAINE

I

EUGÈNE DELACROIX

La force, la dédaigneuse tranquillité, le calme du lion, se lisent sur cette tête osseuse, vigoureusement modelée, dont le nez est carré et droit, dont les sourcils sombres, épais, soyeux, les yeux enfoncés et profonds, sont pleins de nuit, tandis que sur le front, plutôt large qu'élevé, éclate la lumière. La chevelure, lourde, épaisse et presque sauvage, — brune, longue, relevée sur le front, est celle des hommes de 1830, car les lutteurs de cet âge épique n'avaient pas inventé d'être faibles et chauves; il semblait que le génie, comme un puissant élixir, eût versé dans leur sang une âpre et durable jeunesse. Cette bouche avancée, longue, à lèvres minces, dont les coins baissent un peu, elle est immobile, mais on sent comme facilement elle s'indignerait si elle ne s'était pas étudiée à se contenir devant l'éternelle Sottise et devant l'incurable Injustice. La moustache qui la surmonte, taillée comme celle d'un serrurier ou d'un tambour de la garde nationale, est d'abord incompréhensible, ainsi que la petite barbe; mais voici ce qui l'explique. En 1830, il fallait la moustache comme protestation virile contre les eunuques de l'Académie; et, d'autre part, les bouches de ces maîtres qui créent, ordonnent, expliquent leur œuvre, ne peuvent être cachées. C'est pourquoi, forcé une fois en sa vie de prendre une demi-mesure, Delacroix s'y résigna d'une façon violente!

II

GEORGETTE OLIVIER

—

Cette enfant au visage virginal, d'une morbidesse si suave et mélancolique, avec ses grands yeux étonnés, ce nez long et droit qui heureusement esquive la forme aquiline, sa bouche triste qui pourtant sourit, son menton d'une finesse étrange, avec son allure de tourterelle gémissante, avec l'enchantement frêle de sa démarche, sa toison hardiment emmêlée, qui semble se dénouer et s'affaisser de fatigue, est une belle louange adressée au génie poétique du monde parisien, puisqu'il arrive à créer des actrices qui ont l'air d'être des enfants de duchesse élevés au Sacré-Cœur!

III

AURIOL

—

Débarbouillez cette face blanchie, semée de pois écarlates, bleu de ciel, jaune vif, et regardez. Une vieille femme, à petites moustaches follement noires, ridée comme une peau d'éléphant ! En la voyant, on a l'idée qu'une mine de poudre, placée dans ses entrailles, vient d'être allumée, et que la vieille femme va sauter en l'air : ce n'est pas une vieille femme, c'est un clown, c'est Auriol ! Ne riez pas du gilet de velours mordoré et céleste, des six chaînes d'or, de corail, d'argent, de ces montres, de ces cassolettes, de ces épingles, de ces bagues! Sans cela pas de clowns : c'est le symbole témoignant que leur profession est toute physique. Le petit œil est de feu, la bouche étincelle, si habituée à penser vite, car lorsque le clown prendra son élan pour disparaître par une trappe anglaise pas plus grande que son chapeau, et qui à l'appel de son pied s'ouvre tout au plus une seconde d'avance, il se briserait le front sur les planches, sans cet éclair de pensée rapide!

IV

GEORGE SAND

Elle est vraiment ELLE dans le miraculeux portrait de Calamatta qui la représente en costume d'homme, avec des habits lâches et trop larges et une cravate négligemment nouée, superbe alors de jeunesse et d'héroïsme. Cette petite tête que les cheveux ondés entourent par larges masses caressantes, le visage ovale, le front plus bombé et paraissant plus élevé au milieu que vers les tempes, l'œil brun un peu rapproché de la racine du nez, noyé, lumineux, coupé en amande, et dont la prunelle est saillante ; le regard qu'anime un mélange de bonhomie et de malice : le nez aquilin aux narines fines, relevées, mobiles et moqueuses ; une oreille extrêmement petite et bien coquillée ; la bouche plantureuse aux lèvres d'un rouge foncé, charnues et se découpant en relief, surmontées d'une ombre de duvet ; les dents très-blanches, étroites, un peu longues et bombées ; le menton un peu potelé, mais où on sent un os d'arrêt très-ferme ; le col majestueux, le buste ample, riche et bien modelé, les toutes petites mains délicates dorées par le baiser du soleil, expriment magnifiquement l'amour des splendeurs visibles, l'enthousiame pour les choses créées, l'orgueilleux appétit de toutes les nobles joies. — Qui eût dit, à cette rose et flamboyante aurore de son génie enfant, qu'elle écrirait, en réponse à M. Feuillet! des romans abstraits dirigés contre le sacrement de la pénitence, et peuplés de personnages filandreux qui n'ont rien de la vie !

V

GAVARNI

L'historien du dix-neuvième siècle s'est représenté lui-même dans une immortelle *Étude* par laquelle l'avenir connaîtra qu'à cet âge puissant l'artiste gagna sa noblesse, devint grand seigneur, put, lui aussi, exprimer par sa personnalité physique toutes les élégances qu'il créa, et connut l'art de porter, comme Lauzun, la cravate blanche qui fait si triomphalement valoir son visage de héros d'amour, sa chevelure voltigeante, sa barbe fauve, et cette vareuse de velours qu'il transforme en un vêtement royal. Pourtant, regardez un peu plus attentivement le dandy-poëte : vous trouverez le prophète et le penseur, le Jérémie atteint d'une tristesse éternelle sous son personnage en apparence si délicieusement insoucieux et frivole, car il faut toujours finir par avoir l'air de ce qu'on est, — et la seule vérité vraie au fond est la vérité mathématique !

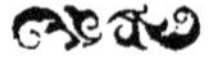

VI

MADAME MATHILDE STEV...

Une aimable tête mince, élégante, un peu juive, coiffée d'un or bruni frisé en buisson sur le devant, et qui par derrière forme casque. Cette Parisienne artiste, à la taille svelte, à l'allure savamment séduisante, est une de celles qui montrent comment la pensée moderne sut créer dans la réalité vivante des types de beauté, tandis que les anciens n'avaient pu inventer les leurs que dans la poésie et la statuaire. C'est une de ces perfections conscientes, une de ces femmes de Balzac qui se veulent telles qu'elles sont, et, créatrices d'elles-mêmes, se complètent miraculeusement à force d'intuition, ordonnant à leurs cheveux châtains d'être blonds pour obtenir une antithèse à des yeux noirs, et, par une inspiration hardie, donnant l'harmonie absolue de la grâce à des traits que la nature avait seulement dessinés délicats et expressifs. Je vois un roman intitulé *l'Amant de carton*, et je m'évertue à me figurer un tel assemblage de mots errant tout effaré sur ces jolies lèvres pensives!

VII

CHARLES FECHTER

—

Il y a ainsi par siècle un ou deux de ces hommes dont le visage, où triomphe la gloire de la Ligne, a été modelé pour exprimer une jeunesse immuable, absolument indépendante de l'âge qu'ils ont, et dont émane une séduction infinie. Ce profil d'une pureté antique, cette pâleur transparente et chaude, cette bouche vive, rose, charmeresse, ont fini par être bien placés au service de Shakespeare. Dans *Claudie*, adolescent à peine, vêtu de sa blouse bleue, ses épais cheveux châtains emmêlés et pleins d'épis, il justifiait la folie de la femme célèbre qui portait à son cou un de ces épis enfermés dans un médaillon. Pour expliquer cette idolâtrie, elle le donnait comme venu des prémices de moissons bénies par notre Saint-Père le Pape. Charles Fechter a seul pu rendre à Hamlet la candeur virile d'un jeune prince pâli en naissant sous le baiser glacé de la Fatalité, et une prunelle limpide qui s'emplit de ciel.

VIII

CAROLINA, LAPONNE

Tout Paris a connu au théâtre des Funambules cette grosse naine, miniature absurde et farouche, que le hasard s'était plu à développer en femme de Rubens. Elle avait de petits traits, de grosses joues, des pieds et des mains en boule, une poitrine comme celle de Mlle Georges. Elle était haute comme une botte et fière comme une reine. Elle aimait un géant, à qui elle disait : « Mets-moi sur la table, et approche-toi pour que je te donne un soufflet. » Le géant posait Carolina, Laponne, sur la table, et s'approchait ; elle lui donnait un soufflet à décorner un bœuf. Puis elle lui disait : « Maintenant, pose-moi à terre. » Le géant la prenait dans ses bras et il la posait à terre. Il était calme comme un mouton, elle furieuse.

IX

PIERROT

Le plus cher favori du peuple parisien, plus délicat que ne le furent jamais les Alexandre le Grand et les Adrien ; car, décidé à adorer ce personnage bouffon que l'Italie lui avait envoyé gras, balourd, grimaçant, gourmand et imbécile, — par la toute-puissance de l'esprit il l'a transformé, il en a fait un valet gentilhomme, svelte, élégant, songeur, caressant, railleur, aimé des femmes, spirituel, malin comme une nonne, gracieux, plus poétique désormais que le Gille de Watteau, et encadrant ses traits divinement aristocratiques dans une collerette chiffonnée par les mains hautaines de la Fantaisie !

X

ROSA BONHEUR

—

Regardez-la, et vous serez convaincus à jamais qu'une Abstraction peut vivre, car cet être au vaste front pensif, à la face large et puissante, aux grands yeux, au nez osseux, à la bouche ferme et grave, au cou robuste, à la massive chevelure d'homme séparée sur le côté, vêtu d'un gilet fermé et d'un petit paletot à boutons qui tombe droit, que nulle ondulation ne tourmente, et dont les manches s'ouvrent sur des mains un peu carrées comme celles du statuaire, n'a rien de mâle ni de féminin. Il n'est que l'Artiste, une pensée qui se nourrit de la nature, se l'assimile, la crée à nouveau, et, tout entière à cette chaste volupté, se renouvelle en ces laborieux et nobles enfantements pour lesquels le monde spirituel embrasse et pénètre le monde visible. Les œuvres palpitantes de vie sont sa progéniture, comme Épaminondas disait qu'il avait pour filles les batailles de Leuctres et de Mantinée. Le nom de la grande artiste est symbolique, car, s'il existe ici-bas un BONHEUR complet, n'est-ce pas celui qui consiste à se dégager des liens de la Matière, à se donner sans retour aux créations de l'esprit et à vivre avec l'Art dans un hymen dont rien ne trouble l'implacable et mystérieuse sérénité !

XI

JULES DE PRÉMARAY

Il est petit, comme Balzac exigeait que les penseurs le fussent, et, chez lui, l'expression, le regard, indiquent l'esprit et la hardiesse d'esprit. A le voir ardent, obstiné, volontaire, on devine un travailleur acharné, un observateur convaincu, un inventeur dramatique, vraiment né pour cet art robuste qui, en poésie, est le mâle et le soldat. Une tête irritée, comme l'homme, qui est irritable. Une chevelure noire, aujourd'hui un peu mêlée de quelques fils argentés, très-abondante et frisée en coups de vent. Le nez est plus qu'aquilin, le teint fauve et coloré aux pommettes. Des yeux noirs, doux quelquefois, le plus souvent sombres. Par quel caprice le hasard s'est-il plu à donner à cet artiste énergique des mains d'infante et une merveilleuse petite oreille, semblable à la célèbre oreille de Mlle Forster chantée par Théophile Gautier? La nature rappelle toujours au poëte le plus barbu qu'il est femme par quelque bout, et c'est là une de ses plus puissantes ironies.

XII

MIMI

—

C'est l'enfant, morte si jeune, que Mürger a fait vivre pour jamais dans les *Scènes* et dans la comédie de *la Vie de Bohème*. J'ai connu à l'hôtel Merciol, dans la rue des Cannettes, cette douce et tremblante héroïne, qui a eu, comme les Laure et les Béatrix, la gloire de rencontrer un amant qui pouvait lui donner l'immortalité. Elle était mince, fluette, transparente, toute petite : la bonne déesse Pauvreté, dont parle George Sand, lui avait donné un si rude baiser que ses pauvres lèvres en étaient restées glacées et blanches. Elle était née avec une tête rieuse gaie, avec le nez retroussé, les yeux bleu tendre et la bouche en arc des fillettes de Greuze ; mais la Souffrance avait jeté sur tout cet ensemble de folles grâces une délicatesse tendre et mourante. Ses cheveux, peu abondants, étaient d'une finesse idéale. Sous le titre de *Scènes de la vie de Bohème*, Mürger écrivait alors dans le feuilleton du *Corsaire* ses jeunes amours à mesure qu'il les vivait ; si bien que Mimi, affaissée et déjà songeuse, lisait chaque matin son histoire de la veille, revêtue du charme de la poésie, et ressemblait à la naïade qui regarde sa vie s'écouler avec chaque flot qui tombe de son urne gémissante !

Cy finist *la troisième Douzaine des* Camées Parisiens ; *l'ouvrier, mesdames, se recommande à vos bontés.*

QUATRIÈME DOUZAINE

I

MONSEIGNEUR DUPANLOUP

—

Cette face large aux traits césariens, aux pommettes saillantes, au nez d'aigle, presque sans narines, détaché par deux rides magistralement tracées, à la bouche sculpturale, aux yeux longs, enfoncés, ombragés d'un sourcil droit, épais et violent, au menton d'athlète, qu'une hardie fossette rend spirituel, au vaste et large front démesuré, est celle d'un com-

8

battant, d'un guerrier, d'un porteur de glaive, et toutefois, par une séduisante transformation, l'esprit chrétien y a jeté ses douceurs infinies. Les cheveux naturellement s'arrangent comme les veut le statuaire. Ce soldat de Jésus, dont la vie est un combat, est près de s'irriter au spectacle des luttes sans trêve qui l'attendent, mais il se remet à sourire lorsque, en baissant les yeux, il voit briller sur sa poitrine le seul de tous les symboles qui soit une consolation : la croix !

II

MADAME VICTOR HUGO

—

Belle comme la muse même du Romantisme, il semblait que son front grand et un peu bombé, que ses yeux si ouverts, si enflammés, si brillants sous des sourcils en arc, que son nez d'une coupe aquiline, droit pourtant, mais séparé du front par un creux décidé, que sa bouche fière, noble, vivante et souriante, et calme, que son menton où la plus belle rondeur n'exclut pas une majesté imposante, que ses joues larges aux plans superbes, que son col magnifique, impérieux, que sa hautaine chevelure noire frisée en boucles droites, que tout cet ensemble de traits robuste, caressant et d'une incroyable richesse de vie, fût l'exacte image de la poésie lumineuse, enchanteresse, mais, avant tout, guerrière et victorieuse du jeune maître qui sur les premiers exemplaires de *Hernani* signait implacablement *Hierro*.

III

ARSÈNE HOUSSAYE

La Nature est romantique, procède par partis pris audacieux, se borne à un caractère saillant qu'elle pose avec une profusion shakspearienne de détails, et tout au plus indique le reste, pour l'amour de l'harmonie! Cette théorie à la Delacroix a cela pour elle qu'elle est vraie : la tête d'Arsène Houssaye en est un exemple décisif et plein de charme. La Nature lui a donné toutes les grâces, tout l'entraînement, toute la séduction de la chevelure, et ce grand parti pris a suffi pour l'embellir d'une beauté suprême, et pour le revêtir d'une jeunesse qui ne peut périr. Sa barbe, longue et douce comme celle du fleuve Scamandre, est plus dorée et plus soyeuse que la plus féminine des chevelures de femme, et le flot des cheveux d'or est mille fois plus soyeux que la barbe. Avec cela qu'importent la pâleur un peu mate, les yeux un peu rêveurs, la bouche un peu fine? Le nez a beau être dessiné en arc, le front a beau être ample comme celui d'un penseur, on leur voit la coupe grecque la plus idéale parmi l'enchantement de cette barbe ensoleillée et de cette chevelure !

IV

MADAME LA COMTESSE D'AGOUT.

—

Sa fille, Madame la comtesse de Charnacé, l'a représentée en un portrait idéal et d'une vérité suprême, que, d'un burin léger, Léopold Flameng a délicieusement gravé pour les lecteurs de Daniel Stern. Ce beau, ce pur profil romain, d'une jeunesse divine; cette chevelure en longs bandeaux roulés, le grand front pensif couronné de longues fleurs aux corolles délicates, le nez long, droit et un peu aquilin; l'œil curieux, avide, aux larges prunelles, aux grands cils; la bouche spirituelle, aimante, ingénue ; le menton, dont la ligne, d'abord toute droite, s'arrondit avec une grâce enchantée ; le col long, sans maigreur, sur lequel retombent les extrémités de la bandelette antique, eussent vaincu les dompteurs des Victoires à la cour d'Auguste ou de Tibère. Il y a eu un temps de bonheur et de poésie où Madame la comtesse d'Agout a pu et dû ressembler à ce portrait. Aujourd'hui, la pensée, la lutte politique, les deuils cruels, ont accusé davantage les plans et ont rendu sa tête plus expressive encore et plus sérieuse, — mais non moins belle.

V

COQUELIN

—

Un jour que le bon Dieu était très-pressé et qu'il venait d'achever une fournée de mortels, il s'aperçut qu'il avait oublié de faire un comédien. Pour ne pas perdre le temps, il recopia vite, vite la tête de Molière : le même œil enfoncé, vif, curieux, observateur, perçant les âmes, les mêmes sourcils trop appuyés, les mêmes lèvres charnues et charmées, les mêmes narines largement ouvertes pour aspirer les pensées; seulement il était si, si pressé, il fit le bout de ce large nez, *facétieux et fol*, et ne s'en aperçut pas. Même il ne trouva pas dans sa mémoire d'autre nom que celui de Poquelin, et se borna à changer le P en C, disant qu'en somme cela irait bien ainsi. Sous sa chevelure châtain foncé, épaisse et violente, Coquelin a une face qui pétille d'esprit et une jeunesse indicible. On lit sur ses lèvres qu'il a un appétit à tout dévorer : les fleurs de la terre et les étoiles du ciel, l'art, l'amour, tous les travaux, tous les rôles ! Un joli teint C'est la tête d'un enfant hardi qui joue trois pièces tous les soirs, et qui se repose en étudiant, ivre d'amour pour la muse couronnée de raisins; et, comme dit Corot, une parcelle d'amour en plus, le cœur se briserait !

VI

MADAME SAQUI

—

L'âge, hélas! a jauni sa peau, qui fut douce et charmante, gravé son visage de cent mille rides, rapproché violemment un nez et un menton qui semblaient pouvoir s'allonger pendant des éternités sans se toucher jamais. Là, tout est deuil et ruine. Mais l'œil! la paupière a beau vouloir tomber tomber sur lui, l'œil! cet œil d'enfer, noir, farouche, vif, exalté, amoureux, intrépide, rien n'a pu l'affaiblir, rien n'a pu l'éteindre; il adjure, il prie, il menace, il s'exalte dans le souvenir du triomphe! Il raconte ces jours d'orgueil et de gloire, où, après une ascension solennelle, Napoléon Ier, voyant Mme Saqui tout en sueur et le col nu, jetait le châle d'une princesse du sang sur les épaules de la grande funambule. Et cet œil, il explique, il justifie tout! Il fait comprendre que, si elle a tort de les porter à présent; il y a eu un temps où elle avait le droit de porter cette cuirasse d'argent et ce casque de guerrière ombragé de plumes affolées, couleur de rose!

VII

ROSSINI

—

Il a été beau, comme tous les Italiens, et en plus il avait la splendeur tranquille que le génie donne au visage humain. Un beau nez aquilin, une bouche aimable et spirituelle, un menton plein de finesse, l'air d'un Almaviva ayant l'imagination poétique, ou d'un Figaro élégant, — avec les petits favoris de l'emploi et des cheveux en toupet frisé, crânement relevés. Il était bon et superbe à voir, et gai comme un dieu. La bouche est rentrée, les yeux ont rapetissé, et toutefois la beauté régulière des traits n'a pu disparaître, ni ce sourire olympien et plein de bonhomie d'un Gulliver sublime égaré dans un canton de Lilliputiens. Quand à l'affreuse perruque si invraisemblable adoptée par Rossini, il la porte par ironie, certainement, et il semble dire aux faiseurs d'apothéose : « Voilà le coup que je vous ménageais ; tirez-vous de là comme vous pourrez ! » A coup sûr, elle n'eût pas embarrassé le grand Rubens ; mais nos peintres !

VIII

ALICE LA PROVENÇALE

Voilà un amusant rappel de couleur, qui eût ravi le peintre des *Femmes d'Alger*, c'est que, dans cette jolie tête de Basquaise, les dents si gaies sont du même blanc qne le blanc des yeux ! Ah ! ces yeux, tout petits, mais si bien fendus, si noirs, qu'ils sonts caressants et fous en leur grâce alerte et vive ! Quelles cabrioles ils exécutent pour s'amuser, et comme ils font bien les affaires du diable ! Les pommettes sont très-saillantes ; le petit nez droit va bien avec la petite bouche ; le sourire surtout est mignon sur ces petites lèvres bien découpées et peu charnues. Le visage est ovale, pâle ; le front est petit ; les cheveux, relevés à la chinoise, sont épais, lourds et d'un noir bleu. A voir le portrait seul de la tête, on doit deviner comme cette femme petite est menue et souple, et comme ses mouvements ont de l'ondulation. Et si je n'eusse eu la crainte de dépareiller ma collection régulière, j'aurais dû tailler ce camée-là en pied, pour faire voir à la postérité des jambes de jeune déesse, justement célèbres !

IX

INGRES

—

Une tête que l'Énergie doit avoir faite elle-même, tant elle y a laissé son empreinte ? Le front n'est pas colossal, mais on dirait qu'il a été bâti avec le même marbre que ceux des Titans. Les yeux enfoncés, mais dont la prunelle est d'une intensité sans égale, semblent dire à l'univers : « Arrête-toi et pose. » Les coins des lèvres tombent maintenant; le nez, aux narines ouvertes, est un peu trop loin de la bouche; mais tout cela exprime une patience d'airain, et les joues semblent avoir été sculptées dans un roc. A soixante-quinze ans, le grand Ingres sépare au milieu de sa tête sa forêt de cheveux gris pour ressembler au jeune Raphael, mais il ne parvient pas à être ridicule. Son visage auguste et obstiné ne peut pas plus faire rire que la massue d'Hercule ou le maillet de Michel-Ange.

X

ANAÏS FARGUEIL

—

Sur cette tête éclate l'intelligence, — c'est le mot exact, — une intelligence immense, démesurée, universelle comme celle du gamin de Paris, qui, de même que les dieux, connaît tout, a tout vu, tout pressenti, tout deviné, l'avenir et le passé lui-même. Cette intelligence, fouettée par une volonté suprême, est devenue... tout : esprit, grâce, jeunesse, charme. Elle a éclairé ces yeux de muse ; elle a pétri ce petit nez distingué et moqueur, cette bouche mélancolique et persuasive, ce bel ovale, ce front haut et pur, ces oreilles malignes, cet arc de sourcils; elle a tordu cette puissante et forte chevelure. Mlle Fargeuil, je le redis, sait tout, tout, même dire la prose, même jouer la comédie. Je ne connais guère que Gœthe et Humboldt qui en aient su plus qu'elle, et encore! Et voyez quelle pose de tête si savante et ravissante, et ingénue!

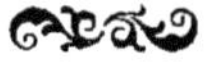

XI

ALFRED DE VIGNY

Dans la vie de tout poëte, il y a toujours un grand côté symbolique. Celui-ci a porté sur ses traits, purs comme ceux d'un Grec du temps de Périclès, élégants comme ceux d'un prince d'Angleterre, la distinction que tous les poëtes ont dans leur âme. Il fut comme un signe vivant et visible de notre noblesse. Ce profil si doux, si arrêté pourtant, si pur, — ces yeux innocents et braves, cette longue et angélique chevelure blonde, allaient bien au gentilhomme, au guerrier qui fut de notre race, et qui jetait son manteau de comte sur le corps débile et nu des poëtes morts à l'hôpital. Grand artiste, il fut aussi un gentilhomme et un homme, partout fidèle ! L'épée et la plume étaient dignes de sa main loyale ; s'il souffrit toujours, c'est parce qu'il ne voulut jamais rester étranger à la misère des siens, et nulle mauvaise pensée ne troubla l'ineffable sincérité de son beau sourire !

XII

MARIE GARCIA

—

Celle-là encore est une de nos mortes, et de toutes la plus poétiquement belle. Hoffer a su peindre pour la postérité cette rêveuse tête d'Ophélia, mais d'Ophélia étonnée, heureuse, montrant sur sa peau de rose le duvet pourpré de la jeunesse ! La chevelure noire, ondée et tumultueuse comme la mer, se ploie en bandeaux irréguliers, et s'échappe en longues boucles d'un prestigieux caprice. Étroit, décidé, découpé par une joue en fleur, terminé par une narine délicieuse, le nez est celui de la Polymnie, avec plus de vie et de charme. Les yeux baissés, aux grands cils, semblent des têtes de colombes. La bouche! c'est le vivant carmin des lèvres que peint Mignard, mais plus charmeresse mille fois : comme elle est enfantine et femme! Le menton parfait, mais sans dureté, — je voudrais oser dire : sans pédantisme, — et si frais et si suavement jeune, comme il se rattache par une ligne grecque adorable au col puissant d'héroïne, dont le Cantique oriental eût dit : « Votre cou est comme une tour d'ivoire! » Les mains blanches, — longues, longues et divines, déchirent une fleur avec curiosité, et l'on voit les épaules d'une Cypris et la naissance d'un sein pétri avec la neige des sommets sacrés!

Cy finist *sur l'image de cette martyre, de cette princesse d'amour, la quatrième Douzaine des* Camées parisiens, *et le présent volume. Excusez les fautes du lapidaire! Comme voici le Printems qui ouvre sa boutique parmi les jardins riants, je laisse jusqu'à nouvel ordre ma bimbloterie, pour aller voir comment mon confrère cisèle des joyaux légers, frissonnants et vivants, couleur d'améthyste, de saphir, de rubis, d'hyacinthe, de topaze et de chrysoprase, couleur de lune, couleur de soleil, couleur d'espérance et couleur d'aurore, dans les bois et dans les pourpris ; mais à l'hiver, sans doute, je reprendrai mes outils pour continuer les* Camées, *et à nouveau je vous demanderai votre précieuse et chère indulgence — pour ces babioles !*

FIN.

TABLE

—

Pages.

Préface 5

PREMIÈRE DOUZAINE.

I. — *Ernest Renan* 11
II. — *Madeleine Brohan* 13
III. — *Alphonse Daudet* 15
IV. — *Madame Thierret* 17
V. — *Henri Delaage*. 19
VI. — *La Vénus de Milo* 21
VII. — *Polichinelle* 23
VIII. — *Madame Porcher*. 25
IX. — *Guizot*. 27
X. — *Rigolboche* 29
XI. — *Bache* 31
XII. — *Déjazet* 33

DEUXIÈME DOUZAINE.

Pages.
I. — *Espinosa* 37
II. — *George Aline, travestie* 39
III. — *Auber*. 41
IV. — *Amédine Luther* 43
V. — *Canuche* 45
VI. — *La Joconde* 47
VII. — *Adolphe Gaiffe* 49
VIII. — *Madame Manoël de Granfort*. . . . 51
IX. — *Nadar* 53
X. — *Alphonsine* 55
XI. — *Michelet* 57
XII. — *Léonide Leblanc*. 59

TROISIÈME DOUZAINE.

I. — *Eugène Delacroix* 63
II. — *Georgette Ollivier* 65
III. — *Auriol* 67
IV. — *George Sand* 69
V. — *Gavarni*. 71
VI. — *Madame Mathilde Stev*. 73
VII. — *Charles Fechter* 75
VIII. — *Carolina, Laponne* 77
IX. — *Pierrot* 79
X. — *Rosa Bonheur* 81
XI. — *Jules de Prémaray*. 83
XII. — *Mimi* 85

QUATRIÈME DOUZAINE.

Pages.

I. — *Monseigneur Dupanloup* 89
II. — *Madame Victor Hugo* 91
III. — *Arsène Houssaye* 93
IV. — *Madame la comtesse d'Agout* 95
V. — *Coquelin* 97
VI. — *Madame Saqui* 99
VII. — *Rossini*. 101
VIII — *Alice la Provençale* 103
IX. — *Ingres* 105
X. — *Anaïs Fargueil* 107
XI. — *Alfred de Vigny* 109
XII. — *Marie Garcia* 111

OCCVPA PORTVM
IOV AVST

www.ingramcontent.com/pod-product-compliance
Ingram Content Group UK Ltd.
Pitfield, Milton Keynes, MK11 3LW, UK
UKHW022115190726
13855UKWH00003B/873

9 782013 06999